As-tu peur?

Kirsten Hall

Illustrations de Joan Holub

Texte français de Nicole Michaud

Éditions
SCHOLASTIC

Catalogage avant publication de Bibliothèque et Archives Canada

Hall, Kirsten
As-tu peur? / Kirsten Hall; illustrations de Joan Holub;
texte français de Nicole Michaud.

(Je veux lire)
Traduction de : I'm not scared.
Pour les 3-6 ans.

ISBN 978-0-545-99886-4

I. Holub, Joan II. Michaud, Nicole III. Titre.
IV. Collection : Je veux lire (Toronto, Ont.)

PZ23.H3385As 2007 j813'.54 C2007-903304-0

Édition publiée par les Éditions Scholastic, 604, rue King Ouest, Toronto (Ontario) M5V 1E1.

6 5 4 3 2 Imprimé au Canada 08 09 10 11 12

Note à l'intention des parents et des enseignants

Dès que l'enfant sait reconnaître les 44 mots utilisés pour raconter cette histoire, il peut lire le livre en entier. Ces 44 mots apparaissent tout au long de l'histoire pour que les jeunes lecteurs puissent facilement les retrouver et comprendre leur signification.

air
alors
arbre
as
aux
balance
bourdons
ce
cette
ciel
couleuvre

dans
de
dehors
des
eau
est
et
fait
fois
font
géants

grimper
haut
hiboux
hou
j'ai
je
jusqu'au
la
le
les
me

noir
nuit
on
oui
pas
peur
qui
serpents
toi
très
tu

Je n'ai pas peur
de grimper aux arbres.

Je n’ai pas peur des bourdons.

Je n'ai pas peur de me balancer très haut.

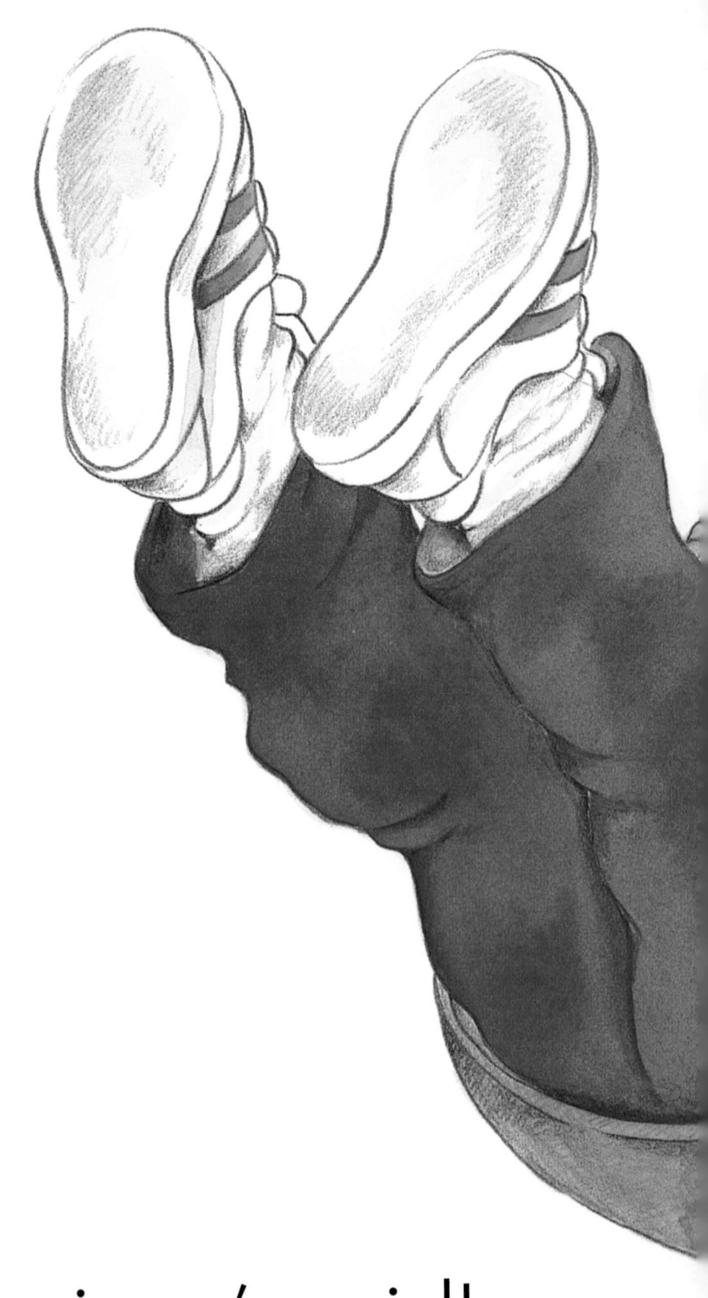

Je me balance jusqu'au ciel!

Je n'ai pas peur des serpents géants.

Je n'ai pas peur des serpents dans l'eau.

Je n'ai pas peur dehors la nuit.

Je n'ai pas peur dans le noir.

Je n’ai pas peur
des hiboux qui font « hou! ».

Je n'ai pas peur des hiboux. Et toi?

Hou! Houuuuuuuuuuuu!

Cette fois, j’ai peur. J’ai peur!

Toi, as-tu peur?

Oui, j'ai peur!

Alors, qu'est-ce qu'on fait?

Allons-y, papa!

As-tu peur?

Attendez-moi!

Chez grand-maman

Chien et chat

Des monstres

Il faut ranger

Je change la couleur des fleurs

Je choisis un ami

Je sais lire

Je suis le roi

Je suis malade

Je suis une princesse

L'heure du bain

La fée des dents

Le cerf-volant

Le nouveau bébé

Le temps

Ma citrouille

Ma nouvelle école

Ma nouvelle ville

Mes camions

Minou copie tout

Mon gâteau d'anniversaire

Regarde bien

Rémi roulant

Si tu étais mon ami...

Soirée pyjama

Une journée à la ferme

Une mauvaise journée